EL PEQUEÑO TIGRE Y EL OSITO EN LA CIUDAD

7ª Edición

Título original: *Tiger und Bär im Straßenverkehr*
Traducción: Antonio Martín de Diego

SÉPTIMA EDICIÓN

©1989 Diogenes Verlag AG Zürich
©1995 EDICIONES GAVIOTA, S. L.
Manuel Tovar, 8
28034 MADRID (España)
ISBN: 84–392–8410-1
Depósito legal: LE. 879-2005

Printed in Spain – Impreso en España
Editorial Evergráficas, S. L.
Carretera León – La Coruña, km 5
LEÓN (España)

JANOSCH

EL PEQUEÑO TIGRE Y EL OSITO EN LA CIUDAD

La historia de la primera vez
que el pequeño tigre y el osito
fueron a la ciudad

EDICIONES
Gaviota
www.ediciones-gaviota.es

Un día, el pequeño tigre le dijo a su amigo el osito:

–Ven, vamos a la ciudad, que te voy a enseñar cómo se debe cruzar la calle. Hoy voy a hacer como si fuera tu madre.

–¡Ah, vale! –gritó el osito–. ¡Qué bien!

Se puso sus zapatos de oso y se fueron

al río. Una vez allí subieron en una barca, y el pequeño tigre le dijo:

–Tú eres el marinero, así que te toca remar. Yo soy tu madre, y las madres tienen que descansar alguna vez.

El osito remó y remó hasta que llegaron al puente gris.

Una vez allí, amarraron la barca con una cuerda a una estaca y empezaron a caminar por la carretera en dirección a la ciudad.

Para llegar a la ciudad había que andar medio kilómetro.

El pequeño tigre iba delante y el osito le seguía.

De repente apareció un coche que ve-
nía por detrás; tuvo que dar un gran fre-
nazo y tocar la bocina:

–Piiiii, piiiii, piiiii.

8

Se dieron un buen susto y se echaron a un lado, porque casi los pilla y los mata.

–¿Estáis dormidos o qué? ¡Cegatos! –gritó el conductor desde su coche.

Era el macho cabrío con su vieja furgoneta llena de verduras. Se dirigía al mercado y llevaba a su mujer en la parte trasera.

Gracias a Dios que iba muy despacio, a unos veinte kilómetros por hora.

Se bajó del coche y les dijo:

–Chicos, cuando vayáis por la carretera tenéis que ir siempre por el lado izquierdo.

Donde no hay acera, los peatones tienen que ir por la izquierda de la carretera.

–¿Lo habéis comprendido?

–Sí, lo hemos comprendido –dijo el osito, y se lo aprendió de memoria.

–¿Por qué? –preguntó el pequeño tigre.

–Porque los coches vienen por la derecha. Si vamos por la izquierda, podemos ver los coches que vienen a lo lejos y de frente y apartarnos hacia la cuneta de la carretera lo antes posible. ¿Lo habéis comprendido?

Como no lo habían comprendido, el buen macho cabrío anduvo

10

con ellos por el otro lado de la carretera.

Entonces vieron que los coches venían *de frente* y que ellos los veían y podían apartarse hacia la cuneta.

Después, el buen macho cabrío siguió su camino y ellos siguieron el suyo hasta llegar a la ciudad.

Había coches por todas partes...

El pequeño tigre y el osito iban andando por la acera y los coches circulaban por la calzada.

–Se llama acera al sitio por donde caminan las personas; también se llama camino peatonal, porque por él es por donde deben andar los peatones. *Los peatones van por la acera*. Tú eres un peatón.

–No, el peatón eres tú.

–Soy un oso, y un oso no es un peatón.

–Todo el que ande por la acera es un peatón, *y tú vas por la acera*.

–Entonces seré un oso-peatón y tú serás un tigre-peatón.

–Así es –le dijo el pequeño tigre–. Todo está claro. Ahora te voy a enseñar cómo se debe cruzar la calle.

Cuando se disponían a cruzar chirriaron los frenos de un coche. El vehículo casi pilla al pequeño tigre, si no hubiese sido por el osito, que le sujetó en el úl-

timo momento. El osito se había salvado,
pero la tonta de la liebre salió corriendo
como un rayo y cruzó la calle.

Sólo perdió un zapato, pero la podían
haber pillado, haberse roto una pierna y
haber pasado siete semanas en el hospital.

–Querida liebre, esto te pasa por correr a lo tonto al cruzar la calle.

Se quedaron en la acera y no sabían cómo cruzar. Los coches iban a toda velocidad de izquierda a derecha y de derecha a izquierda. No veían posibilidad alguna de cruzar la calle. Entonces apareció el señor

Bibernasel, un buen hombre, y les dijo:

–Chicos, lo mejor para cruzar la calle es ir a donde haya un semáforo.

Un semáforo tiene tres luces: roja, amarilla y verde.

La luz verde de los semáforos en la que aparece un hombrecito, es para los peatones.

–Yo soy un peatón –gritó el pequeño tigre.

–Sí, señor; el pequeño tigre es un peatón –exclamó el osito.

–Todo el que vaya a pie es un peatón –dijo el señor Bibernasel–. Ahora debéis seguir andando por la acera hasta que veáis un semáforo. En el semáforo, debéis esperar hasta que se ponga verde para los peatones. Cuando se ponga verde podéis pasar.

El semáforo no estaba lejos. Allí en la acera esperaron hasta que en el semáforo se encendió la luz verde para los peatones y entonces cruzaron la calle.

–Pero primero, antes de cruzar, debéis

mirar a la izquierda y a la derecha, porque a veces vienen los coches de una curva y no tienen cuidado, o se pasan rápidamente el semáforo en rojo –les dijo el hombre que estaba esperando para cruzar la calle.

El semáforo se puso rojo para los coches y éstos tuvieron que detenerse.

19

El pequeño tigre y el osito esperaron al otro lado de la calle hasta que el semáforo se puso verde para los peatones y entonces cruzaron de nuevo.

Para practicar, repitieron el ejercicio cinco veces.

–Ahora te voy a decir todo lo que hemos aprendido –dijo el pequeño tigre–. ¡Escúchame!: esto es la acera. Llega hasta el bordillo. La acera es para las personas...

–Para los peatones –dijo el osito–; es, sencillamente, para los *viandantes*. También se dice así. Por cierto, el bordillo es el final de la acera y nosotros siempre debemos esperar en la acera y no debemos poner de repente un pie en la calzada. Siempre tenemos que pararnos junto al bordillo y mirar a un lado y a otro.

–Pararme *junto al bordillo* –repitió de memoria el osito–. *Pero antes*

he de mirar a un lado y a otro.

(El osito no es tonto y no se deja atropellar, pues mira a un lado y a otro antes de cruzar.)

Caminaron hasta el siguiente semáforo y esperaron a que apareciese el hombrecito verde.

Entonces cruzaron la calle.

Después siguieron andando en busca de otro semáforo, pero no vieron ninguno más.

De repente se encontraron con el señor Bibernasel:

–Si no hay ningún semáforo, podéis cruzar la calle por un paso de cebra.

Les mostró una señal de tráfico azul en la que había un hombre pintado.

–Tenéis que pararos junto al bordillo para que los conductores puedan ver que queréis cruzar la calle. Y cuando todos los coches hayan parado, entonces podréis cruzar.

Eso lo comprendieron el osito y el pequeño tigre perfectamente.

En primer lugar,
junto al bordillo
hemos de esperar, hasta
que todos los coches
terminen de parar.

Después podemos cruzar.
Pero antes, a un lado y a otro
hay que mirar.

El osito no es tonto
y no se deja atropellar,
pues mira a un lado y a otro
antes de cruzar.

Cuando ya llevaban un rato andando, pasó el zorro en la bicicleta. Llevaba a su novia sentada en el portaequipajes.

–Eso está prohibido. No se puede llevar a nadie en el portaequipajes.

Entonces, un policía llegó
y entre rejas lo metió.

Cuando llegaron al paso de cebra se quedaron parados junto al bordillo y miraron a un lado y a otro antes de cruzar.

Los coches se pararon y el pequeño tigre y el osito cruzaron la calle.

–¿Ves? –le dijo el pequeño tigre–. ¿Ves como soy como tu madre?

Como ya no había ningún semáforo más, ni tampoco paso de cebra alguno, no les quedó más remedio que cruzar la calle por entre los coches aparcados.

–Chicos –les dijo una buena señora–, si queréis cruzar la calle por donde hay coches aparcados, tenéis que asomaros hasta que podáis ver perfectamente la calzada. Después, debéis esperar y mirar a un lado y a otro.

–Sí, señora:

El osito no es tonto
y no se deja atropellar,
pues mira a un lado y a otro
antes de cruzar.

—Muy bien… y, cuando no venga ningún coche, cruzáis con cuidado.

Cuando se hizo de noche cogieron el autobús y se fueron hasta el puente.

–¡Los billetes, por favor! ¿Quién no ha pagado aún? –gritó el revisor.

–El pequeño tigre paga –le dijo el osito–; es mi madre.

Cuando llegaron al puente se apearon,

recogieron la barca y se pusieron a remar
camino de su casa.

—Ahora me toca remar a mí –le dijo el
pequeño tigre–; un rato tú y otro rato yo.

Como la barca se movía por la corriente, el pequeño tigre no tuvo que remar.
Siempre tenía suerte con eso del esfuerzo.

Cuando llegaron a casa, Pato el músico estaba esperándolos.

–¿De dónde venís, chicos?

–De la ciudad –le dijo el tigre–. Le he enseñado al osito cómo cruzar la calle.

–¡Ah!, a mí también me gustaría aprenderlo –dijo Pato el músico.

–Mañana te llevaremos con nosotros a la ciudad y te lo enseñaremos.

Después, el osito preparó una excelente cena. Pato el músico tocó el acordeón, el pequeño tigre tocó el violín con el cazo de la sopa y el osito bailó.

Y después todos se fueron a la cama y durmieron profundamente.

Por la noche, el osito soñó con todo lo que había aprendido en la ciudad:

1. Donde no haya acera, debemos ir siempre por la izquierda de la carretera.

2. A ser posible, hay que cruzar la calle por un semáforo y solamente cuando esté verde para los peatones.

3. Antes de cruzar, hay que mirar a un lado y a otro. Incluso cuando cruzamos la calle por un semáforo.

4. Al cruzar la calle por los pasos de cebra hay que esperar junto al bordillo hasta que todos los coches hayan parado.

5. Al cruzar la calle por donde estén aparcados los coches, hay que andar despacio hasta donde se vea perfectamente la calzada. Luego debemos pararnos y espe-

rar hasta que no venga ningún coche, y entonces cruzar.

A la mañana siguiente se sabía de memoria todo lo que había soñado la noche anterior.

A las siete de la mañana en punto llegó Tía Gansa y los despertó. Les dijo que tenía que ir a la ciudad, al mercado de gansos.

–Voy a vender comida para patos.

Quería pedir al osito que la llevase con la barca hasta el puente de la ciudad.

–Recuerda que soy tu tía...

–Claro, naturalmente –le dijo el osito–. De todas maneras, nosotros también habíamos pensado ir a la ciudad. El pequeño tigre y yo sabemos ya perfectamente cómo se debe cruzar la calle, pero Pato, el del acordeón, aún no lo sabe y nosotros se lo vamos a enseñar.

Pero antes de salir, hicieron un gran

desayuno con miel y pan, mermelada de frambuesa y hierba fresca para Pato.

Cada uno debe comer lo que es bueno para él. Para los patos es buena la hierba y para los osos la mermelada de frambuesa.

Después del desayuno fueron hasta la

barca y desataron el nudo que la ama-
rraba a la estaca.

–La Tía Gansa con el cesto se sentará
en la parte de atrás –dijo el pequeño tigre– para que la barca no se vaya a hun-
dir. Pato el músico se sentará junto a mí,
pues yo seré el capitán.

Cuando llegaron con la barca al puente, la amarraron con una cuerda a una estaca para que no se la llevase la corriente.

En ese momento apareció el guarda forestal, el señor Pribamm, con un coche todo terreno.

—Chicos, ¿vais a la ciudad? Entonces,

subid al furgón, *pero antes tenéis que poneros el cinturón.*

Subieron al todo terreno y se pusieron los cinturones.

–¿Por qué nos tenemos que poner los cinturones? –preguntó Pato el músico.

–Eso lo sé *yo*, eso lo sé *yo* –gritó el osito–. Porque si el coche choca contra una piedra...

–...O se produce una colisión... –dijo el guarda forestal, el señor Pribamm– ...entonces nos iríamos hacia delante por el impulso y nos golpearíamos contra el parabrisas o contra el asiento... Eso nos podría provocar la muerte o tener que ir al hospital directamente. Eso es lo que nos podría pasar si no tuviésemos puestos los cinturones.

Por lo cual, se pusieron los cinturones y se marcharon en dirección a la ciudad.

Delante de ellos iba por la carretera la liebre Rudi.

Naturalmente, iba por el lado que no era. O sea, por el lado derecho.

Llevaba puestos los cascos y tenía la música a todo volumen.

Además, brincaba al son de la música. A veces bailaba moviéndose para la izquierda, a veces para la derecha.

El guarda forestal, el señor Pribamm, pitó. Y cuando estaban cerca de la liebre pitó otra vez y frenó de golpe.

Como Rudi estaba escuchando la música, no oyó ni el pito ni el ruido del motor.

Se dio un buen susto y pegó un gran salto hacia la cuneta.

Se rompió la pata, se hizo un chichón en la cabeza, tuvo que ir al hospital y se le estropearon los cascos.

Hemos olvidado deciros que Rudi

era algo tonta. Nadie quería ser tan tonto como Rudi.

Cuando se va andando por la calle o se monta en bicicleta, no se deben llevar puestos los cascos, porque no podríamos escuchar el pito de los coches.

El osito dijo entonces:

41

–Cuando frenamos, me asusté mucho. Pero *no* salí volando, porque llevaba el cinturón puesto. Por tanto, no soy tonto.

Cuando llegaron a la ciudad se bajaron, y entonces fue el osito el que les mostró cómo se debía cruzar la calle.

–Cuando se ponga el semáforo verde podremos cruzar. Antes de cruzar, a un lado y a otro hay que mirar.

El osito no es tonto
y no se deja atropellar,
pues mira a un lado y a otro
antes de cruzar.

Cuando todos los coches estuvieron parados, cruzaron la calle.

–¿No sabe esperar, maleducado? –le dijo Pato el músico a un conductor.

El conductor casi se pasa el semáforo cuando estaba en rojo.

En la ciudad y con tanto tráfico, todo el mundo puede enfadarse alguna vez, incluso un pato.

A veces, los conductores se ponen nerviosos, son maleducados y no saben esperar.

–Ahora tenemos un paso de cebra. Eso significa que por aquí pueden pasar los peatones. *Hay que pararse junto al*

44

bordillo y esperar. Cuando todos los coches estén parados, podremos cruzar.

–Y si tenemos que cruzar la calle por donde haya coches aparcados, debemos andar despacio hasta que veamos la carretera, después mirar a uno y a otro lado. Luego esperar y, cuando no venga ningún coche, podremos cruzar.

Cuando llegó la noche, se fueron a casa en la barca.

Tía Gansa todavía llevaba en un cesto la comida para patos.

Había olvidado ir al mercado y venderla.

–Te la regalo –le dijo a Pato el músico, y se la dio.

La comida para patos siempre se puede necesitar. Es bueno guardarla para los malos tiempos que puedan venir.

Cuando llegaron a casa, el pequeño tigre tomó un baño de agua caliente para los pies. Le dolían mucho porque se le había olvidado ponerse los zapatos.

–Me encantaría –dijo el osito– tener una bicicleta algún día.

–Que sean dos –exclamó el pequeño tigre–. Yo también quiero una.

–Está bien –gruñó el osito–, entonces me encantaría tener dos bicicletas algún día... sí...

Se quedó dormido rápidamente y empezó a soñar con un montón de cosas... y coches.